Mes petits contes

Le Petit Chaperon rouge

Katleen Put - Sophia Touliatou

Ce livre appartient à ....

Il était une fois une adorable petite fille qui vivait au bord d'une vaste forêt. Pour son anniversaire, sa grand-mère lui offrit une belle cape rouge. La fillette la trouvait si jolie qu'elle ne voulait plus rien porter d'autre. C'est ainsi que tout le monde se mit à l'appeler le Petit Chaperon rouge.

Un jour, la maman du Petit Chaperon rouge dit à sa fille : « Voici des galettes et une bouteille de vin. Ta grand-mère est un peu malade. Porte-lui ce panier, les galettes lui feront plaisir. »

Le Petit Chaperon rouge enfila sa cape et embrassa sa maman. « Ne t'écarte pas du chemin et ne t'aventure pas dans la forêt, c'est dangereux », lui dit sa maman. « Je ferai bien attention », promit le Petit Chaperon rouge.

Et elle se mit en route. Sa grand-mère habitait bien loin : il fallait marcher pendant au moins une demi-heure. Le Petit Chaperon rouge ne quittait pas le sentier qui s'enfonçait dans les bois. Le soleil brillait et c'était une promenade agréable. Mais soudain, le Petit Chaperon rouge tomba nez à nez avec un loup.

Le Petit Chaperon rouge ne savait pas que le loup était dangereux et elle n'avait donc pas peur de lui. « Bonjour Loup », dit-elle poliment. « Bonjour Petit Chaperon rouge, où vas-tu comme ça ? » demanda le loup. « J'apporte des galettes et du vin à ma grand-mère, qui est un peu malade », dit le Petit Chaperon rouge.

« Et où habite donc ta grand-mère ? » demanda le loup. « Un peu plus loin dans la forêt, sous les trois grands chênes », répondit le Petit Chaperon rouge. Le loup se mit à réfléchir : cette fillette ferait un délicieux repas. Mais si je m'y prends bien, je pourrai aussi dévorer la grand-mère et les galettes !

Le loup mit au point un plan astucieux. « Et si tu cueillais un petit bouquet de fleurs pour ta grand-mère ? » proposa-t-il au Petit Chaperon rouge. La fillette oublia qu'elle ne pouvait pas s'écarter du chemin et se mit à cueillir des fleurs en s'enfonçant de plus en plus dans la forêt.

Pendant ce temps, le loup courut jusqu'à la maison de la grand-mère et frappa à la porte. « Qui est là ? » cria la grand-mère. « C'est moi, le Petit Chaperon rouge, lança le loup d'une petite voix aiguë. J'apporte des galettes et du vin. » La grand-mère était bien trop faible pour sortir de son lit, alors elle dit : « Ouvre la porte. »

Le loup ouvrit doucement la porte. Il se rua vers le lit et ne fit qu'une bouchée de la grand-mère du Petit Chaperon rouge. Ensuite, il enfila les vêtements de la vieille dame, tira les rideaux et se glissa dans le lit. Et il attendit le Petit Chaperon rouge.

Pendant ce temps-là, le Petit Chaperon rouge était arrivée près de la maison de sa grand-mère. Elle trouva la porte ouverte et elle entra. « Bonjour ! » cria-t-elle. Sa grand-mère était couchée dans son lit. Mais en la regardant de plus près, le Petit Chaperon rouge lui trouva un air bizarre.

« Grand-mère, que tu as de grandes oreilles ! » dit le Petit Chaperon rouge.
« C'est pour mieux t'entendre, mon enfant », chuchota le loup.

« Grand-mère, que tu as de grands yeux ! » dit le Petit Chaperon rouge.
« C'est pour mieux te voir, mon enfant », dit le loup.

« Grand-mère, que tu as de grandes mains ! » s'écria le Petit Chaperon rouge.
« C'est pour mieux te prendre, mon enfant », dit le loup.

« Grand-mère, que tu as de grandes dents ! » dit le Petit Chaperon rouge.
« C'est pour mieux te manger ! » cria le loup. Et il engloutit d'un seul
coup le Petit Chaperon rouge.

Une fois que le loup eut avalé le Petit Chaperon rouge et sa grand-mère, il s'installa confortablement dans le lit et s'endormit. Il se mit vite à ronfler bruyamment. Il faisait tant de bruit qu'un chasseur qui passait par là l'entendit.

Le chasseur pensa :
que cette vieille dame ronfle
fort ! Serait-elle malade ?
Je vais aller jeter un œil
pour voir si tout va bien.
Il entra dans la maisonnette
et découvrit le loup, couché
dans le lit de la grand-mère,
le ventre bien rempli.

RRRRRRR

Le chasseur voulut tuer le loup avec son fusil, mais il pensa soudain : si le loup a avalé la vieille femme en une bouchée, je peux peut-être encore la sauver. Alors, il prit une paire de ciseaux et se mit à ouvrir prudemment le ventre du loup.

Après quelques coups de ciseaux, le chasseur aperçut un bout de cape rouge. Et soudain, le Petit Chaperon rouge bondit hors du ventre du loup. « Oh, comme j'ai eu peur ! Il faisait tellement noir là-dedans ! s'écria-t-elle. Merci de m'avoir sauvée, monsieur le chasseur ! »

Et puis ce fut la grand-mère qui sortit à son tour. Le Petit Chaperon rouge l'embrassa et l'enlaça. Alors, le chasseur alla chercher de grosses pierres bien lourdes et il en remplit le ventre du loup. Et la grand-mère lui recousit rapidement le ventre.

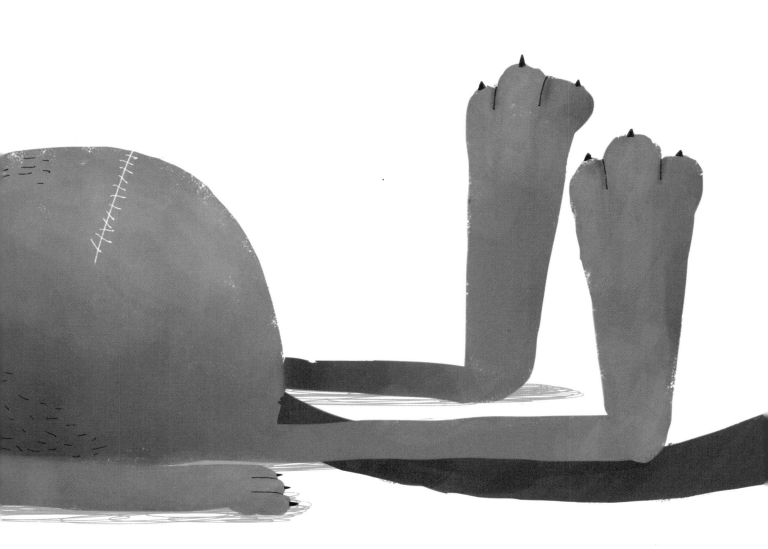

Quand le loup se réveilla, il avait si soif qu'il bondit hors du lit pour courir à la rivière. Mais les pierres dans son ventre étaient si lourdes qu'il s'écrasa sur le sol et mourut sur le coup.

Tous trois étaient maintenant bien contents. Le Petit Chaperon rouge servit quelques galettes et un verre de vin à sa grand-mère, qui se sentit tout de suite mieux. Le chasseur découpa la peau du loup et la ramena chez lui pour s'en faire un manteau bien chaud.

Le soir même, le Petit Chaperon rouge raconta à sa maman ses aventures. « Quelle chance que le chasseur vous ait sauvées ! » s'écria sa maman, qui lui fit un gros câlin. Et le Petit Chaperon rouge promit de ne plus jamais écouter un loup.

www.ballonmedia.com

© 2015 Ballon Media sa, Belgique
F. Rooseveltplaats 12, B-2060 Anvers
Texte : Katleen Put
Illustrations : Sophia Touliatou
Traduction : Jean-François Bolland
Tous droits réservés
ISBN 978 90 374 9556 0
D/2015/4969/132
Imprimé en Italie